U0566152

为 紫 丁 香 开 放 的 时 节 歌 唱

Selected Poems of

Walt Whitman

为紫丁香开放的时节歌唱

[美] 沃尔特·惠特曼 —— 著

张家绮 —— 译

中国华侨出版社
北京

图书在版编目（CIP）数据

为紫丁香开放的时节歌唱 / （美）沃尔特·惠特曼著；
张家绮译 . – 北京：中国华侨出版社，2018.11
　　ISBN 978-7-5113-7777-7

　　Ⅰ . ①为… Ⅱ . ①沃… ②张… Ⅲ . ①诗集 – 美国 –
现代 Ⅳ . ① I712.25

中国版本图书馆 CIP 数据核字 (2018) 第 238986 号

为紫丁香开放的时节歌唱

著　　者：[美] 沃尔特·惠特曼
译　　者：张家绮
出 版 人：刘凤珍
责任编辑：笑　年
监　　制：黄　利　万　夏
特约编辑：申蕾蕾　王莉芳
版权支持：王秀荣
封面图片：©Olaf Hajek Illustration 2018
装帧设计：紫图图书 ZITO®
经　　销：新华书店
开　　本：787mm×1092mm　1/32
印　　张：9
字　　数：110 千字
印　　刷：北京中科印刷有限公司
版　　次：2018 年 11 月第 1 版　2018 年 11 月第 1 次印刷
书　　号：ISBN 978-7-5113-7777-7
定　　价：59.90 元

中国华侨出版社　北京市朝阳区静安里 26 号通成达大厦 3 层　邮编：100028
法律顾问：陈鹰律师事务所
发 行 部：（010）64360026　　　传　真：（010）64360061
网　　址：www.oveaschin.com　　E-mail：oveaschin@sina.com

生命的悸动、

骄傲与热爱如我,

容我将以下诗歌献给您。

———

细数着地球上的土壤、

树木、风、荡漾的浪花，

我会带着满足的微笑唱下去。

———

目　录

铭言集

亚当的子孙

七十光阴

再会，我的想象

铭言集

Inscriptions

我歌颂热情、

脉动与力量丰沛饱满的生命

我歌颂自我

我歌颂自我，一个简单独立的个体，
也诉说民主与群众的语言。

我歌颂人体，从头到脚，
不仅容貌和大脑值得缪斯的歌声
——完整的形体更值得颂扬；
我歌颂男人，也平等地歌颂女人。

我歌颂热情、
脉动与力量丰沛饱满的生命，
欢呼吧，因神圣律法下，
最自由自在的行动成形，
我歌颂现代人类。

献给女高音

来吧，带走这份赠礼！

这是我为英雄、演说家或将军保留的礼物，

一个为人类贡献、促进伟大思想、

进步与自由的人，

一位反抗暴君、勇敢无畏的反叛分子，

但我明白，我保留的礼物

既属于他们，也属于你。

我听见美国高歌

我听见美国高歌，

耳边响起五花八门的颂歌，

每个商人高唱自我的颂歌，

如料想中一样快活与强壮，

木匠哼着属于自己的歌，

测量木板或横梁，

石匠唱着属于他的歌曲，

准备上工或下工，

船夫一一歌唱出船只物品，

汽船水手站在甲板上哼唱，

鞋匠坐在板凳上高歌，

帽商伫立欢唱，

在早晨的路上，下午休息，黄昏时分，

伐木工之歌，耕童之歌，

响起翩翩旋律，

母亲的清甜歌喉，

年轻娇妻忙碌时的歌声，

毕加索　1959

夜晚群聚的年轻小伙子，

神采奕奕、和善地张大嘴，

唱出他们坚定却悦耳的歌声。

纺织与洗衣女工的嗓音——
人人皆唱出专属她的歌曲，
白日唱出专属白日的，
夜晚群聚的年轻小伙子，
神采奕奕、和善地张大嘴，
唱出他们坚定却悦耳的歌声。

莫关上门

骄傲的图书馆，切莫关上你的门，

我要填补你满满书架上少了，

却偏偏最重要的书，

我从战争写出了一部著作，

文字一无是处，旨意千言万语，

这本书遗世孤立，

无书可比，无人赏识，

但每一页将震颤你的潜藏蛰伏。

始自巴门诺克

1

一切从我的出生地，鱼形的巴门诺克讲起，

天资聪颖，由完美的母亲拉拔长大，

曾几何时漫游各地，爱上摩肩接踵的人行道，

居住属于我的城市曼哈顿，生活在南方大草原，

曾是扎营露宿、背着行囊和枪支的士兵，

或在加州采矿，抑或在达科他州的森林陋屋，

吃着肉，饮泉水，简朴生活，

亦是深入简出，每日思考与冥想，

远离人烟尘嚣，日子惬意而快活，

我认识到滚滚密苏里河的清新慷慨，

见证了尼亚加拉大瀑布的雄伟磅礴，

看见放牧平原的水牛群，

浑身鬃毛、胸腹孔武的公牛，

我体验土壤、岩石、五月花朵，

星辰、雨水、白雪，皆令我惊叹不已，

我研究嘲鸫的音韵和雄鹰的翱翔，

薄暮时分耳闻无与伦比的歌声，

原来是沼泽雪松的隐士鸫，

孤零零在西方鸣啭，而我，也哼起一曲新世界。

2

胜利，统一，信念，一致，光阴，

无法交融的协议，财富，秘密，

永恒的进步，宇宙和现代传说。

这就是人生，

几经痛苦与震荡，终于浮出表面。

多么奇妙！多么真实！

脚下踩着圣土，头上顶着烈阳。

瞧那地球转动，

相隔千里的古老陆地聚首，

现在与未来的南北大陆间隔着一道地峡。

毕加索　1967

我以平民的精神出发，
歌唱出无拘无束的信念。

你瞧，那无边无垠的空间，

梦境般变化万千，迅速填满，

数不尽的人潮涌现，

如今空间里遍布现代的先进子民、艺术和制度。

你瞧，透过时光的折射映照，

群众看似川流不息。

他们脚步坚定规律，从不止步，

数以亿万计的人群，美国子民，犹如鱼贯，

一个世代尽守本分后幽幽退下，

另一个世代履行义务后悄悄离去，

他们侧过或转过脸听我诉说，

双眼深陷沉思般凝望着我。

3

美国人民啊！征服者们！带着人道主义前进！

先进！世纪行进！自由主义！群众！

我要献给你们以下几首颂歌。

青青草原的颂歌，

绵延悠长的密西西比河，流入墨西哥海的颂歌，

俄亥俄州、印第安那州、伊利诺州、

爱荷华州、威斯康辛州和明尼苏达州的颂歌，

如生生不息的火焰搏舞，以堪萨斯州为中心，

等距四射八方，赋予万物勃勃生气的颂歌。

4

美国啊，带着我的叶子挺进南方，跨向北方，

让它们在各处落地生根，它们是你的骨肉，

让草木富饶东方与西方，它们能够滋养你。

诸位先锋，与它们亲近吧，它们也会亲近你。

我亲近往昔，

栖于伟大师表的足下研读，

若我够格，伟大师表将回头研读我。

我又凭什么以美国各州之名鄙视过往？

美国各州皆为传承过往的子孙，

它们就是过往价值的证据。

5

史上逝去的诗人、哲学家、牧师，

殉道者、艺术家、发明家、政府，

在他国岸边形塑语言之人，

曾经的富强之国如今萎缩、凋零、荒芜，

你遗留下漂流至岸边之物，

我若未恭敬认识，不得前进，

我认真研，承认我对它钦佩不已

（甚至流连忘返，）

毕加索　1967

我要写出歌唱我身体与死亡的诗，
因我相信我能用灵魂和永生哼唱诗歌。

心想没有比它更伟大、更值得赞许之物，

我细细雕琢它许久才放手，

我在属于自己的时代，驻足自己的角落。

男男女女纷纷上岸，

世界的继承人乘船登陆，物质的烈焰燃烧着，

女翻译精神抖擞，公开宣誓，

细心培养，终可见到的形体，

几经久候，终可前进的满足，

是的，我的情人——灵魂来到。

6

灵魂啊，

它的生命悠长——远过焦黄坚硬的土壤，

长过潮汐涨退。

我要写赞扬物质的诗歌，因那是最有灵性的诗，

我要写出歌唱我身体与死亡的诗，

因我相信我能用灵魂和永生哼唱诗歌。

我要为美国谱出一首歌曲，

歌里没有哪州统管另一州，

我要写一首歌，日日夜夜州与州彼此礼让。

我要为总统写一首歌，歌里充满凶猛锋利的武器，

武器背后有数不尽的不平脸孔；

我要唱出民众合为一体的歌曲，

一个满嘴尖牙、闪烁光芒，昂首独特的个体，

充满决心与战斗力，包罗万象却特异出众的个体，

（其他人再怎么抬高头颅，都无法超越。）

我会提及现代陆地，

我会在世界上山下海，

向大大小小的城市致上敬意，

还有职业！

我会在诗里与你歌功颂德陆地大海的英勇，

我会用美国观点记录芸芸英雄事迹。

我要高歌友谊之歌，

让你看见孤独个体终与他人联盟，

相信这是为了建立男性理想的雄壮之爱，

在我身上有机可循，

因此我要对心底威胁吞噬我的燃烧火焰妥协，

我要破坏长久以来熄灭烈火之物，

我要对它们举双手投降，

我要写出伙伴与爱的福音诗歌，

毕竟谁比我了解哀愁与喜悦交织的爱？

歌颂伙伴的诗人，舍我其谁？

7

我乐于相信特质、年龄与种族，

我以平民的精神出发，

歌唱出无拘无束的信念。

诸位！诸位！随他们忽视冷落吧，

我的诗里有恶，我亦庆祝邪恶，

我的本质亦正亦邪，但我说母国如实不存在邪恶，

（若真有邪恶，如同万物，

对你、对国、对我皆同等重要。）

正如众人追随我，我追随先人步伐，

开创宗教，登上舞台，

（我恐怕注定要大声疾呼，赢家般高声呼喊，

有谁知晓？我体内升起呼声，浮在万物之上。）

万物不是为了自己独活，

我说，整个地球与天际星辰都是为了宗教而活。

我说，没人做到一半虔诚，

没人做到一半敬爱崇拜，

没人开始思考，自己多么神圣，未来有多明朗。

我说，美国真正永恒的伟大必出于宗教，

否则真正永恒的伟大便不存在；

（少了宗教，人物或生命就失去价值，

少了宗教，国土抑或男女亦无价值。）

8

年轻人，你在做什么？

你是否全心投入文学、科学、艺术、爱情？

虚幻不实的现实、政治、论点？

或投身任何可能的野心或事业？

一切都好——我无话可说，

我亦是吟唱它们的诗人，

但你瞧！为了宗教瞬间殒落，燃烧殆尽，

并非所有物质都是燃料，

生出热、触不得的烈焰，与地球必然的生命，

正如这一切也非宗教的燃料。

9

你陷入沉默思索，找寻什么？

我的伙伴，你需要什么？

亲爱的儿啊，你觉得会是爱吗？

听着，亲爱的儿——听好，美国的儿女，

深爱一个人入骨虽然疼痛，却令人满足，

这种爱固然伟大，

毕加索　1966

我的诗歌从里到外无一不讲述灵魂，
只因瞧那宇宙万物，粒子无一不与灵魂有关。

但还有其他伟大事物，能让整体团结，

它的伟大超越物质，

不停歇的双手海涵万物，供应众人。

10

我知道你，在地球掷下更伟大的宗教宝石，

以下是一首首我为所有宗教歌唱的颂歌。

我的伙伴啊！

你与我有两种伟大，

第三种是逐渐觉醒，无界辉煌的伟大，

那就是爱与民主的伟大，以及宗教的伟大。

我融合了有形与无形，

掏空川流的神秘汪洋，

我身体里有物质闪烁变幻的预言精神，

周遭不可得知的空气里充满有生之灵，

时时刻刻地接触我，不放过我，

这些卓越的生命，都在在暗示要求着我。

儿时起天天亲吻我的他，

在我身旁缠绕旋转，牵引向他，

亦不敌天堂和灵性世界的引力，

它们对我影响深远，告知我生命主题。

噢，生命的主题——平等！

噢，神圣的平庸啊！

阳光下的鸣啭，

于现在、正午或黄昏时分翩然飘起，

音符穿越世代，来到这里，

我融入你大胆混合和弦的音符，

欣喜地传递下去。

11

早晨在阿拉巴马州漫步时，

我看见母嘲鸫栖息野蔷薇里的巢穴孵育。

我亦看见公嘲鸫，

我停下脚步，就近聆听它膨胀歌喉，雀跃啁哳。

我驻足半晌，发现它不只为了周遭而唱，

不仅为了伴侣与自己，更非那缭绕婉转的回音，

而是更微妙、神秘、遥远之物，

为那些初生生命，传递能量与奥秘礼物。

12

民主！在你周遭有个膨胀的歌喉正喜悦高唱。

我的女性！为了我们自己与他人的雏鸟，

为了属于现世和未来的幼儿，

我欢欣鼓舞，准备就绪迎接他们，

颂歌撼动至你前所未闻的高亢强烈。

我会写出热情之歌，为他们开路，
为背离律法的你写歌，视如己出，
如亲人般携着你。

我会写出丰富资产的真实诗歌，
为身心写出不被死亡所扰的永恒事物；
我要颂扬自我主义，万物的根基，
我会是歌唱人格的吟游诗人，
我要让男女明了，彼此皆平等。

性器官和性爱啊！认真听我唱，
我一定要扬着清晰勇敢的声音告诉你们，
证明你们的辉煌，
我会证明现世不存在完美，未来也不会有，
我会证明无论任何人发生何事，结局终将美好，

我会证明没有比死亡更美的事，

我会在诗歌里编织起时光与事件的牵系，

宇宙万物皆为奇迹，样样皆深刻。

我不会谱出歌颂局部的诗歌，

而会唱出整体的诗歌与思想，

我高歌的不是一日，而是每日，

我的诗歌从里到外无一不讲述灵魂，

只因瞧那宇宙万物，粒子无一不与灵魂有关。

13

有人想看见灵魂吗？

瞧瞧你自己的形体与面容、人身、实体、

野兽、树木、滚滚河川、沙与石。

所有躯体都充满灵性的喜悦，之后又撒手离去；

真实肉身怎么可能死亡，怎么可能埋葬？

毕加索　1967

　　我会是歌唱人格的吟游诗人，

　　我要让男女明了，彼此皆平等。

你真实的肉身和男男女女真实的肉身，

皆会逃过捡尸人的手，

偕同出生至死亡日积月累的点点滴滴，

来到适宜居住的时空。

正如同印刷机，

输出了影像、意义和重点便收不回来，

男男女女的实体和生命，

也将不再以肉身与灵魂的形式归来，

不论是生前死后。

瞧啊，肉身含有意义与重点，

也有灵魂；不分身份，

无论肉体或身体结构部位多么崇高神圣皆然！

14

无论你是谁，以下是你永无止尽的宣言！

国家的女儿，你在等候你的诗人吗？

你等待的诗人是否口若悬河、双手坚定？

手遥遥指向美国男性与女性，

对民主之国致上兴高采烈的话语。

互通有无、丰衣足食的国土！

煤与铁之国！你是黄金国度！

棉花、糖与米的国家！

小麦、牛肉、猪肉的故土！

羊毛与大麻的国度！苹果与葡萄之国！

田野平原的家乡，世界的草地！

飘送甜美空气、绵延不绝的高原！

牧群、花园、坚稳泥砖屋舍的国土！

吹拂着哥伦比亚西北风、

科罗拉多西南风的国度！

切萨皮克东部的土地！德拉瓦之国！

安大略湖、伊利湖、

休伦湖和密歇根湖所在的国度！

美国十三州国旗的故土！马萨诸塞州之国！

佛蒙特州和康涅狄格州的家乡！

海岸绵绵悠长之国！

锯齿山脊与山峰绵延的国度！

船夫与水手的家乡！渔人之国！

紧密不可分之国土！牢牢盘结交错！

热情洋溢的土地！

兄弟不分长幼肩并肩！牵起骨瘦如柴的胳膊！

伟大女性的国度！所有女性啊！

姐妹不分经验过往！

远风吹拂的国土！北极圈怀抱的土地！

墨西哥微风吹送！多元又紧密的联合！

宾州人！弗吉尼亚人！

南北卡罗莱纳州的朋友！

以上我无一不爱！我无畏的国度！

无论如何，我要用完美无缺的爱包容你！

我不会弃你们而去！任何一个都不放手！

噢，死神！

我抑制不住的爱让你依旧找不到我，

我是一个朋友，一名旅人，

踏过新英格兰的土地，

双足浸泡巴门诺克沙滩，于夏日涟漪边缘溅出水花，

在跨越大草原后，再度落脚芝加哥，

安居座座城镇，

观看表演，目睹生命降临、进步、建设、艺术，

在公会堂里聆听男女演说家高谈阔论，

我仿如经历生命般，穿越美国每一块土地，

男女皆我芳邻，

路易斯安那州和佐治亚州民众亲近我，

正如我亲近他们，

密西西比州和阿肯色州的人民跟随我，

一如我跟随他们。

这会儿我来到山脊河流的西岸平原，

我的泥砖屋舍，

这会儿我归返东部，在海边之州或马里兰州，

加拿大人民欢快地迎接冬季，

冰天雪地欢迎我，

缅因州或花岗岩州、纳拉甘西特湾、

帝国之州的子孙，

航向合并联结的他方海岸，

欢迎犹如手足般的新兄弟，

此时此刻新叶加入，在此老叶与新叶结合，

我亦以平等同侪之姿，加入新叶行列，

我要亲自走近你们，

让我们共同揭开序幕，扮演角色，出演戏剧。

15

与我紧紧相依，快啊，刻不容缓。

因为你的生命依附于我，

（对你真正付出前，我必多次说服自己，

但又如何？大自然不也需要说服？）

我并不优雅柔软潇洒，

满面胡须、风吹日晒，颈脖赤粗，

生人不可亲近之姿，

我苦苦搏斗，就为获世界奖励，

但我愿将此奖赐予顽强赢得奖赏的人。

毕加索　1968

征服者们！带着人道主义前进！
先进！世纪行进！自由主义！群众！

16

我逗留半响片刻，

为了你！为了大美国！

我依旧高捧着现世，预言幸福康庄的美国未来，

讲述往日红色原住民遗留的气息。

红色的原住民啊，

他们流露天然的吐纳，正如萧瑟风雨之声，

犹如林间鸟禽，声声唤出名字，

奥科尼、库沙、渥太华、莫农加希拉、

索克、纳齐兹、恰特胡奇、卡克塔、欧罗诺科，

瓦伯西、迈阿密、塞基诺、契帕瓦、

奥什科什、瓦拉瓦拉。

留给美国一个个名字后，他们消逝告退，

此后溪水土地有了称谓。

17

扩展飞速，

元素、物种、调整、动荡、快速、无畏，

世界再度回归原始，

无限绵延的荣耀远景不断，开枝散叶，

新种族宰制着旧种族，格局更伟大辽阔，

衍生出新竞争、新政治、

新文学与宗教、新发明与艺术。

我的声音宣誓——我不再久眠，我要站起来，

我心底平静无浪的海洋啊！

我感受到你们的深不可测、隐隐骚动，

预备发动空前未有的狂潮与风暴。

18

瞧啊，蒸汽火车喷吐着蒸汽，穿越我的诗歌，

看哪，诗里不断有移民降临登陆，

看看后面，那陋屋、步道、猎人木屋、平底船、玉米叶、产权土地、粗糙围篱，

和那未经开垦的村庄，

瞧啊，一侧是西海，一侧是东海，

如今海水仿佛冲击着海岸，汹涌遁入我的诗歌，

看啊，我诗里的草地和森林——

瞧啊，那里有野生与驯养动物——

瞧啊，卡乌人那儿数不尽的水牛群

啃食着弯卷短草，

你看，在我的诗里，内陆城市牢固辽阔，

人行道遍地，钢铁石造建筑林立，

不见尽头的车水马龙和商业活动搏动着，

看啊，有那么多轮转蒸汽印刷机——

瞧啊，横跨美国大陆往来传送的电报，

你瞧，大西洋深处的美国脉搏震颤传至欧洲，

欧洲脉搏也传回来，

看哪，强悍迅速的火车头气喘吁吁，

离站时吹响汽笛，

瞧啊，犁田者耕作田地——看啊，

矿工挖掘矿坑——瞧哪，不计其数的工厂，

瞧啊，在工具台上敲敲打打的技工——这些人之中，

冒出衣冠楚楚的崇高法官、哲学家、总统，

看呀，我徜徉流连美国工厂与平原，

日日夜夜都深受爱戴簇拥，

听我的歌曲在那儿的响亮回音——

读读最后的暗示吧。

19

噢，我的伙伴，来啊！最后只剩下你和我。

噢，用一句话扫净前方不见尽头的道路吧！

噢，是什么如此醉人却无以名状！

噢，那狂野乐音！

噢，如今我胜利——你也将得胜；

噢，手拉着手——享受健全的愉悦——

又一个被欲望与爱征服的人！

噢，快让我们紧紧相依——

快啊，跟着我一起走。

毕加索　1968

我的声音宣誓——我不再久眠，我要站起来

Children of Adam

亚
当
的
子
孙

我歌颂电流窜动的肉体，

我所爱之人簇拥着我，我也簇拥着他们

前进世界的伊甸园

前进世界崭新崛起的伊甸园，

强壮的同伴与儿女是前奏，

他们躯体的爱与生命、意义和存在，

怀抱着好奇，守望着我长眠后的复活，

周而复始的漫长循环后，我再觉醒，

看在我眼底，一切充满爱、成熟，与奇妙，

我的四肢与颤动流窜肢体的焰火，

是无与伦比的美妙，

我存在着，依旧凝视渗透，

对现今心满意足，一如对过去满意，

夏娃站在我身旁，抑或跟随在后，

或在我前方，由我跟着她。

我歌颂电流窜动的肉体

1

我歌颂电流窜动的肉体，

我所爱之人簇拥着我，我也簇拥着他们，

除非我跟他们走，回应他们，不教他们腐败，

用灵魂的电荷充实他们，他们不会任我离去。

不禁让人怀疑，

糟蹋自我躯体的人是否隐瞒自我？

玷污生者真如玷污死者一般卑劣？

肉体真的不能如同灵魂完美？

若躯体不是灵魂，那灵魂又为何物？

2

男女肉体的爱无法一语道尽，

一如肉体本身无法一语道尽，

男人的肉体完美，女人的肉体完美。

脸孔的表情无法一语道尽，

但健全男人的表情不仅显现于脸孔，

还显现在他的四肢与关节，

奇妙地显现于他的臀部与手腕关节，

展现在他的步态、他颈部的姿势、

腰部与膝盖的曲线，连衣裳都无法遮蔽，

他浓烈甜美的特质，刺穿过棉布与绒呢，

凝望他的步伐，就如阅读一首好诗，

甚至更为优美，

你流连脚步，就是为了观望他的背影，

他颈部与肩膀的背影。

婴儿的爬行与圆润，女人的胸脯与头部，

洋装的褶摆，

我们在街上行经身旁时她们的姿态，

她们下身的形状轮廓，

泳将在泳池里一丝不挂，

游过透明的闪烁绿水，抑或面庞朝上，

静悄悄前后划过池水的极乐，

划桨手在船上前后摆动身躯，

骑手跨坐马鞍的英姿，

女孩、母亲、女管家，各司其职，

正午劳工们手拿掀开的餐盒坐着，

他们的妻子在家守候，

妇女安抚孩子，农夫女儿在花园或牛棚，

年轻人锄着玉米，

雪橇驾驶驾着六匹马穿越群众，

摔跤手搏斗，两名当地学徒男孩发育成熟，

精力充沛，性情良好，

在下工后的夕阳时刻，出现于空地，

摘落彼此外套帽子，交缠在爱与抗拒里，

上身与下身扭动，发丝凌乱覆盖双眼；

身穿制服的消防员列队前进，

利落长裤与腰带间透出男性肌肉的紧缩，

救火后他们姗姗归队，警铃瞬间敲响，

他们停顿片刻，警觉聆听，

那自然完美、百变的姿态，

头部低垂、颈子弯曲着盘算的模样；

让我爱上此情此景——我放松自己，

自由伏在背负小婴儿的母亲胸脯，

跟着泳将游水，与摔跤手缠斗，

和消防员列队前进，停顿倾听，内心盘算。

3

我认识一个男人，一个普通不过的农夫，

五个儿子的父亲，

儿子有些也当了父亲，

儿子的儿子亦成了父亲。

这名男人精力旺盛、头脑冷静、样貌俊美，

他的头形、浅黄斑白的发丝胡须，

毕加索　1949

这是女性躯体，

从头到脚散发着圣洁光辉

千言万语的深邃黑眸，英气勃发，气宇宽厚，我

曾为了一睹他的面容造访，这人也很聪明，

身长六尺，年过八旬，儿子身材魁梧，

整洁、蓄着胡子，肤色黝黑，英俊挺拔，

他们和他的女儿都深爱他，

看过他的人同样爱着他，

然他们的爱并非出于义务，

而是自发的爱，他只喝水，

发亮棕色的脸庞肌肤里透出绯红色血管，

他是身经百战的猎手与渔夫，自己划船，

有艘船匠赠送他的帅气小船，

还有几把爱戴他的人赠予的猎鸟枪。

当他和五名儿子与满堂孙子外出打猎或捕鱼，

你一眼就能肯定他们是最俊美健壮的一群人，

你会渴望永远和他在一起，

在船上坐在他身侧，彼此接触。

4

我发觉与自己喜爱的人共处我已知足，

夜晚跟他们相伴也令人满足，

跟美丽、奇异、呼吸着、

欢笑着的人共处让我开怀，

在他们之间穿梭触碰，

胳膊轻轻绕着对方颈子片刻，然后是什么？

我不要求更多愉悦，

仅求徜徉大海般沉浸其中。

与男男女女接触，凝视他们，肢体碰触，

嗅着他们的气味，光是如此，灵魂已感快乐，

一切事物皆能喂饱灵魂，这些却能满足灵魂。

5

这是女性躯体，

从头到脚散发着圣洁光辉，

无法否认的致命吸引力，

我仿如无可救药的水蒸气，为她的气息牵引，

除了我自己与她的身体，万物皆化为乌有，

书籍、艺术、宗教、时间、有形坚硬的土地，

对天堂的冀盼与地狱的恐惧，全都烟消云散，

狂放的筋肉，无法克制的发射，

同样无法克制的反应，

发丝、胸膛、臀部、腿部的弯曲、

放任下垂的双手，

消融殆尽，我的肢体亦然，

狂潮激发退潮，退潮刺激涨潮，

情爱的肉体膨胀，甜美地疼痛着，

无限透明的爱的喷射，炽热而庞大，

爱的岩浆震颤，白色狂喜的汁液，

在爱恋之夜，准新郎坚定温柔地疲惫至黎明，

起伏波动地进入顺从屈服的白昼，

迷失在交缠碰撞与甜美肉体的日子。

这就是起点——女人诞下孩子，女人诞下男人，

这是生命的浴池，大与小的交融，又一个生命出口。

女人们，别害臊，你的特权包容他人，

也是他人的出口，

你就是肉体的大门，灵魂的大门。

女性海纳并调和所有品性特质，

合乎自我身份，完美地平衡着，

她恰如其分遮蔽面容，既主动也被动，

产下男孩女孩，儿子女儿。

我看见自己的灵魂映照在大自然，

我穿过雾气，

看见灵魂不可言喻的完整、明理、美丽，

见着弯垂的头部、交叠胸前的双臂，看见女性。

6

男性也尽守本分，充满灵魂，

他代表所有品性特质，是行动与力量的代名词，

人类知识里的宇宙在他体内汹涌，

他历经他该有的责难、渴求和反抗，

他有过庞大狂想的热情，最满足的幸福，

最沉痛的哀伤，他骄傲，

男人自满的骄傲逐渐冷却，灵魂升华，

他拥有了知识，也一向喜欢知识，

并试验自我知识，

无论勘验如何，不分大海和出航，

他最终只在此探测水深，

（除此之外，还能在哪里探测？）

男人的肉体神圣，女人的肉体神圣，

无论是谁，肉体皆神圣——

那最可憎的工人呢？

9.2.67. V

毕加索　1967

这不只是一个男人，
而是许多未来父亲的父亲

甫抵达码头、满脸苦闷的移民呢？

不论是这块土地或他方，他们都与你一般富有，

人人都是一分子，在游行队伍适得其所。

（人生是场游行队伍，

宇宙是场精心策划、完美进行的游行。）

你真的知识渊博到有资格说最可憎的人无知？

你真的以为你有权利争取好视角，他人没有？

你认为蔓延漂浮、终至结合的物质，

地表土壤，河水流动，植物发芽，

只为你一人，不为他人？

   7

拍卖会上，男人的肉体啊，

（战前我常去奴隶市场观摩拍卖，）

我特来协助对拍卖一知半解的懒鬼拍卖师。

先生们，瞧瞧你眼前的奇迹，

无论喊价多高都不够，

地球为了他，在寸草不生的土地蛰伏千亿年，

地球为了他，扎扎实实旋转兜绕了无数个圈子。

这颗脑袋里，有复杂难解的思想，

这颗脑袋下，造就出无数名英雄。

快看这些肢体，红的，黑的，白的，

肌腱神经柔软富有弹性，

着实该轻解衣裳，让你瞧个仔细。

纤细的感官，

燃烧生命之火的双眼、内脏、意志，

那排排胸肌，柔软的脊柱和颈子，

不干扁而丰满、恰到好处的手臂与双腿，

身体仍有尚未道尽的奇迹。

他的体内流着血液，

古老的血液！古今皆同的鲜红血液！

所有热情、欲望、能力、想望注入鼓动心脏，

（你认为只因厅堂和教室没提及，

所以心是空洞的？）

这不只是一个男人，而是许多未来父亲的父亲，

他的身体是人口稠密的美国

与富庶共和国的起点，他繁衍出无数不朽生命，

数之不尽的肉体和享乐。

你怎知道几世纪下来，他有哪些后代子孙？

（若能追溯好几世纪，

你认为自己的后代有哪些人物？）

8

拍卖会上，女人的肉体啊，

她也不只是自己，而是后代母亲之母，

她孕育子嗣，他们将会成长，

成为未来母亲的伴侣。

你爱过女人的肉体吗？

你爱过男人的肉体吗？

你难道不明白古今中外皆然的道理？

若有神圣，那神圣存在于人体，

男人的荣耀与甘甜，

象征不受玷污的男子气概，

男男女女洁净、强壮、腱筋坚固的肉体，

皆美过最精致的脸蛋。

毕加索　1967

除了自由，我们抛弃所有，仅剩自我的喜悦

你可见过愚笨地任由肉体腐败的男男女女？

毕竟他们不隐藏自己，也不懂隐藏自我。

9

噢，我的身体！我怎敢嫌弃与你相同的

其他男女，也不嫌弃与你相同的构造，

我相信和你一样的肉体与灵魂能站稳，

会堕落，（肉体即是灵魂，）

我相信你的同类会随着我的诗歌站稳，

或堕落，肉体就是我的诗，

有关男人、女人、小孩、青年、妻子、

丈夫、母亲、父亲、年轻男人、年轻女人的诗，

有关头部、颈子、头发、耳朵、耳垂、耳鼓膜、

眼睛、眼眶、虹膜、眉毛、开阖的眼皮，

嘴巴、舌头、嘴唇、牙齿、上颌、下颌和颌关节，

鼻子、鼻孔和鼻梁，

脸颊、太阳穴、额头、下巴、喉咙、

后颈、颈部的扭动，

强健肩膀、男子气概的络腮胡、肩胛、

后肩和浑圆饱满的胸侧轮廓，

上臂、腋窝、肘窝、前臂、臂膀肌腱和骨骼，

手腕和腕关节、手、掌、指关节、

大拇指、食指、手指关节、指甲，

宽阔的前胸、卷曲的胸毛、胸骨、侧胸，

肋骨、腹部、脊柱、脊柱关节，

臀部、臀窝、臀部力量、

凹凸起伏的饱满睾丸、男根，

扎实托起上半身的结实大腿、

腿部肌肉、膝盖、膝盖骨、大腿、小腿，

脚踝、脚背、跖骨球、脚趾、

脚趾关节、脚后跟；

所有姿态、所有形状、所有你与我、

男女老少肉体的结构，

肺部海绵、胃袋、滋润洁净的肚肠，

头盖骨里皱褶的脑髓，

共鸣、心脏瓣膜、上下颌、性爱、母爱，

女人味、有关女人的一切，

以及女人诞下的男人，

子宫、乳房、乳头、母乳、眼泪、笑声、

哭泣、爱的神情、爱的骚动和汹涌，

声音、发音、语言、喃喃细语、嘶声呐喊，

吃、喝、脉搏跳动、消化、

流汗、睡眠、走路、游泳，

臀部的平稳、跳跃、斜倚、拥抱、

弯曲伸缩手臂，

嘴巴和眼周肌肉不断拉扯变化的动作，

肌肤、晒黑的色泽、雀斑、头发，

当手和赤裸肉体接触时，感受到的奇异同感，

呼吸的循环河流，呼吸吐纳，

腰与臀、腿根一路延伸至膝盖的健美，

你与我体内稀薄的鲜红血浆、骨头与骨髓，

优雅地体现出健康；

噢，我说，这些不单是诗篇和身体的结构，

更是灵魂的构造，

噢，我说，这些都是灵魂！

我俩一直被蒙在鼓里

我俩一直被蒙在鼓里！

我们变幻形体，我们仓皇逃离，

一如大自然仓皇逃离，

我们就是大自然，我们告退许久，如今归返，

我们变成植物、叶片、叶梗、树根、树皮，

我们深埋土壤，我们即是岩石，

我们是橡树，彼此依偎，从缝隙窜出生长，

我们在牛群里放牧吃草，两头恣意散步的野生牛，

我们是在海里双双游水的鱼，

我们是绽放的洋槐，

清晨深夜在邻近巷弄散发花香，

我们亦是走兽、植物、矿物的粗犷，

我们是两只猎鹰，在高空翱翔，笑傲俯视，

我们是两颗灿烂太阳，

平衡动力、绕着轨道运行的星星，是两颗彗星，

我们在林间四足伏地，满嘴利牙，飞扑猎物，

我们是两朵浮云，早晨与午后飘掠头顶，

我们是两片交汇融合的海洋，

两折愉悦的海浪，缱绻羁绊，

我们是大气，透明广纳、渗透却不为所动，

我们是白雪、冷雨，冰寒而漆黑，

我们是地球的每个产物，牵引万物的力量，

我们不停绕圈旋转，直到重返家园，

现在我们已回到家，

除了自由，我们抛弃所有，仅剩自我的喜悦。

毕加索 1967

我们是橡树，彼此依偎，从缝隙窜出生长……

芦
笛
集

谁愿追随我的脚步？

谁欲主动追求我的爱？

无论你是谁，现在请拥着我

无论你是谁，现在请拥着我，

若不这么做，一切皆枉然，

我要趁你再次测试我前，公正警告你，

我并非你所想，事实截然不同。

谁愿追随我的脚步？

谁欲主动追求我的爱？

方向不清，结果暧昧，可能毁灭；

你必须放弃他者，只有我能当你的神，

独一无二、绝无仅有的神，

你的修道之路或许漫长倦怠，

必须抛弃过去的人生道理，

忘却你和亲友的一致与相似。

所以趁陷入折磨前，放手让我走吧，

松开我的肩，放下我，踏上属于你的道路。

或在森林里偷偷接受考验，

光天化日下把我藏在岩石背后，

（我不会在遮风避雨的房里，

而是形单影只，像个哑巴、呆子、未出生的婴孩

或亡者般躺在图书馆。）

却可能和你踏遍高山，不必忧心任何烦扰，

走好几英里路通往未知，

或是跟你在海上航行，漂至海边或静谧小岛，

我准许你在这儿将你的唇盖上我的，

犹如伙伴间长长的吻，或新郎的吻，

只因我是你的新郎，也是你的伙伴。

或者如果你愿意，可以将我塞入衣衫下，

我能感受你心跳的搏动，或栖息在你臀间，

上山下海都带着我；

如此贴近你我已心满意足，已是最好，

就这么贴近你，沉沉入睡，永远跟着你。

但书页欺瞒你，你在危机中瞒天过海，

只因你摸不清书页与我，

书页扑朔迷离，而后我亦必迷惑你，

即使你以为无庸置疑地掌握了我，

但瞧！我却早已挣脱你。

12

这不是我写这本书的用意，

即使读了这本书，你也不会明了，

最了解与崇拜我、崇高地赞美我的人也不能，

即使想获得我的爱，亦不会得手，

（极少人有能耐，）

我的诗篇带来的不只有好处，

还有坏处，甚至更多；

我已提示你，你千方百计依然会猜不中，

便一切都是枉然；

因此放下我，踏上属于你的道路。

不再从我瘦骨如柴的胸口呼吸

不再从我瘦骨如柴的胸口呼吸，

不再有夜里的忿懑叹气，对自己不满，

不再有压抑不住的长声叹息，

不再有太多誓言与承诺破裂，

不再有任性狂野的灵魂意志，

不再有空气细腻微妙的滋润，

不再有太阳穴和手腕的澎湃跳动，

不再有胸口里有天终将静止、

那心脏奇异的收缩舒张，

不再有藏着太多只对苍天诉说的饥渴愿望，

不再有荒野里独自一人爆发的哭泣、狂笑、反抗，

不再有咬牙切齿的低沉嘶哑喘息，

不再有回响飘荡的叨叨絮语与回音、消逝文字，

不再有睡着时的喃喃梦呓，

不再有每日做着美梦的沙沙细语，

不再有我肉身的肢体与感官，

反复勾引你、打发你——不在那儿，

不再有这一切种种，噢，紧密的牵系！

噢，我生命的脉动！

我需要你存在，让我看见你，

而不是出现在歌里。

毕加索 1966

如此贴近你
我已心满意足，已是最好。

未来的记录人

未来的记录人啊！

来吧，容我带你潜入麻木外表的内在，

告诉你如何诉说我的故事；

宛如最亲密的爱人，挂起我的肖像，发表我的名字，

是挚友、爱人的画像，最深爱的朋友与情人，

对自己写的歌曲不骄不傲，

却对他内心有深如大海的爱，

并且能慷慨大方地付出爱，自傲不已。

时常孤独前进的人，念着挚友爱人，

与所爱之人迢迢千里，夜里快快无眠地深思着，

深爱的人悄悄漠然以对，明了生不如死的感受，

而他与所爱手牵手，缱绻缠绵，远离尘嚣，

跨越平原森林、攀山越岭，

他不时漫步街头，弯曲的手臂勾着挚友肩膀，

挚友的手臂亦搁在他身，

无奈这最幸福的时光已然逝去。

写给陌生人

擦身而过的陌生人！

你不知我凝望你的眼神有多热切，

你肯定就是我踏破铁鞋寻觅的那个他，

或她（出现在我梦里的那个人），

我必定曾在哪儿与你度过愉快人生，

我们擦身而过那瞬间，

我忆起彼此的流动、热情、贞洁与成熟，

你是与我一齐长大的男孩，或女孩，

我们食宿不离，你的身体不只是你的，

我的身体也不再只是我，

我们错身而过时，

你献予我你双眼、脸庞、肉体的愉悦，

你环视我的胡子、胸膛、双手，

我沉默不语，独自一人坐着，

或在深夜清醒时，想着你，

我耐心守候，不用怀疑就知道，

我们终将再会，我会确定我不会失去你。

Migratory Birds

候鸟集

让我走上我的路，

让他人颁布法令，然我不服从

宇宙之歌

1

缪斯说，来吧，

为我唱一首诗人不曾唱的歌曲，

为我唱出宇宙。

在广阔无边的地球里，

无远弗届的广大辽阔与火山熔渣里，

种子安定尘封于地心之中，

尽善尽美地窝藏着。

每一场生命或多或少都是分享，

没有出生，生命却不请自来——

无论掩埋暴露，种子都静静守候。

2

看啊！目光炽热的崇高科学！

现代从参天山峰俯瞰监督，

接二连三地发布专断法令。

可再看一眼！灵魂凌驾于科学；

为了灵魂，历史仿佛包裹地球的外壳；

为了灵魂，千千万万颗星全飞越天际。

在回旋蜿蜒的道路上，漫漫绕道，

（犹如海上一艘换抢航道的船，）

为了灵魂，短暂演变成亘久，

为了灵魂，现实发展成理想。

为了灵魂，生命奥秘演进；

不只公正获得正义，

我们知晓的邪恶亦得制裁。

从他们遮遮掩掩的面具，

从硕大溃烂的树干，从诡计骗局与眼泪，

催生出健康与喜悦——宇宙普世的喜悦。

在庞大、病态与肤浅之中，

道德败坏的多数人——

男人与美国无数多端的诈欺里，

良善依然带着强烈电流、未受玷污，

披荆斩棘，遍布盈满，

唯独良善才是宇宙普世。

3

山峦峰顶，疾病与哀伤蔓延滋长，

一只逍遥的自由鸟盘旋飞舞，

在纯净幸福的高空翱翔。

不完美的混浊云朵，

投射出一道完美光线，

划出天堂荣耀的闪电。

风气与传统的不和谐，

巴别塔的疯癫喧闹，震耳欲聋的纵情狂欢，

某个迢迢海岸，响起曲终和声，

音符旋律传入耳朵，平抚了每一次的停滞。

4

噢，深受祝福的双眼！和乐的心灵！

有形与感知的纤细丝线，

循着偌大迷宫引导前行！

5

而你，大美国！

为了日思夜想的计划，

为了计划的想法和实现，

为了以上种种（而非为了自己），你已降临。

你亦环顾所有；

拥抱、扶持、欢迎众人，

通过崭新的康庄大道，

你亦走向理想。

他国稳重的信念，往日的辉煌，

都不属于你，你的辉煌属于自己；

神圣的信仰和丰盛，吸取领会所有，

人人皆可享万物。

一切都是为了永恒哪！

爱形同光，无语地包涵万物！

大自然的进步祝福着万物！

毕加索 1955

活不出信念，
人生的知识与财富便只是梦，
世界亦仅是场白日梦。

花朵盛开、水果成熟，果园富饶甜美；

形体、物体、成长、

人类都依循精神形象熟成。

6

噢，神啊，让我高歌思想！

用你的合唱，赋予我与深爱的他或她，

那无以浇熄的信念，无论遮掩何物，

请向我们倾诉，

相信你在时空里打造的计划；

健康、和平、宇宙普世的救赎。

这是一场梦吗?

不，然人若无信念，才是一场梦，

活不出信念，

人生的知识与财富便只是梦，

世界亦仅是场白日梦。

我与我的所有

我与我所有的身体技能，

抵御冷热、瞄准猎枪、划船、

照料马儿、生儿育女，

清晰明朗地演说、在平民之间亦感自在，

在恶劣的陆地与大海情况下坚忍不拔。

我的职责不是刺绣工，

（刺绣工向来不缺，我也乐见欢迎，）

而是世间脉络，延续后代香火。

亦非雕琢装饰品，

而是至高无上的神，挥洒丰产的思想与双手，

神来一笔地雕刻，美国各州前进诉说，实现思想。

让我走上我的路，

让他人颁布法令，然我不服从；

让他人赞美杰出人士，维系和平，

我负责煽动与斗争，

我不赞美杰出人士，

我直言挑战人人心中可敬的人物。

（你是谁？你的意图邪恶！

你这一生为了什么暗自罪恶？

你会放弃这一生吗？你是否一生都会劳心劳力？

你又是谁？死记硬背

瞎说岁岁年年页页的文字语言回忆，

如今却愚笨到一句话都说不出？）

让他人完成典型实例，因我从来完成不了；

我拿耗不尽的法令灌溉他们，一如大自然，

不间断地新鲜与现代。

我从不实践职责任务；

其他人当成职责任务的，我赋予活生生的脉动，

（我该把心脏跳动当成一种职责吗？）

让他人解决问题，我不解决，我只煽动无解问题，

我遇见和接触的人是谁？他们是怎样的人？

跟我同类的人，他们温柔指引与迂回，

使我贴近，他们是怎样的人？

我要世界如我，怀疑我亲信的故事，

聆听我敌人的寓言，

我命令你永远抵抗详细描述我的人，

因我无法解释自我，

我命令不得出现我的理论或学派，

我命令你保持开放，一如我开放。

在我之后的未来啊！

噢，我明白人生道路不短，漫长无比，

因此我踏足世界，贞洁节制，

早睡早起，规律播种，

世纪更迭，每小时世纪都贡献精华。

我会追随空气、水、土壤的不断教训，

我明白光阴不许我蹉跎。

Ocean Current

海流集

我望着耀眼星辰闪烁，

遥想宇宙和未来的谱号

一人的海边夜晚

一人的海边夜晚，

犹如老母亲前后摇晃身躯，哼唱着她的沙哑歌曲，

我望着耀眼星辰闪烁，遥想宇宙和未来的谱号。

浩瀚的共同点串连所有，

所有星球，不论有无生命，硕大渺小，

是太阳，是月球，是彗星，抑或小行星，

所有物质皆同，所有灵性皆同，

所有地方的距离，不论多辽阔，

所有时间的距离，所有无生命的形态，

所有灵魂，所有生命躯壳，即便天差地远，

或存在不同世界，

所有空气、水、植物、矿物的过程，鱼与走兽，

所有男人女人，包括我在内，

所有国度、色彩、野蛮、文明、语言，

16

所有这个地球或其他行星，存在或可能存在的身分，

所有生与死，所有今昔未来，

浩瀚的共同点延续所有，过去如此，未来如此，

永恒不变，紧紧地托着、环绕着他们。

海洋与船之歌

1

今日我要朗读一则故事大纲，

讲述航行大海的船，艘艘都有独特旗帜或信号，

叙述船上的无名英雄——

海浪翻腾缱绻，遍及视线范围，

诉说海风呼啸狂暴，激荡起朵朵浪花，

在这般航行，

谱出一首歌颂所有国度的水手之歌，

犹如惊涛骇浪，反复无常。

稚气或年迈的船长与伙伴，坚忍不拔的水手，

少数的菁英、沉默寡言的人啊，

命运绝不会惊喜他们，死亡也无法窒息他们，

他们是你，远古大海，沉默慎选的对象，

大海，你啊，

经年累月拣选淘汰人类，联合国度！

若你有形有体，就如嗓音低沉的老奶妈，
哺育人类！不屈不挠，奔放狂野。

（海陆英雄，无论形单影只，
或两两成双，皆储备留存，不曾遗落，
种子虽稀却足以延续。）

2
噢，大海，让不同国度的旗帜飘扬！
飘吧，正如众多船讯，清晰可见！
但你特别为了自己，为了人类灵魂，
存留一面最重要的旗帜，
为所有国家编织心灵暗号，
人类驾驭死亡、兴高采烈的象征，
所有英勇船长、无惧水手与伙伴，
尽忠职守的标记，
缅怀他们吧，无畏的士兵编织出了旗帜，

无论长幼，岁岁年年，无边大海，
所有英勇水手在无数船上细腻编织，
那一面普世共存的三角旗。

毕加索　1967

命运绝不会惊喜他们，死亡也无法窒息他们

Roadside

路边集

我看，我听，我陷入沉默

我坐着观望

我坐着观望世间忧愁，目睹压迫与耻辱，

我耳闻年轻人默默抽搐悲鸣，

独自痛苦，悔恨过往行径，

我看见底层社会的母亲因孩子枯槁，

死亡冷落、憔悴绝望，

我见证丈夫受年轻女子的妖娆魅惑，背弃糟糠妻，

我留意嫉妒与企图隐瞒的单相思，

有多折磨人，我在世间看见这一切，

我见证战争、瘟疫、暴政的运作，

也见到殉道者和囚犯，

我发现远洋上发生饥荒，只见水手抽签决定，

谁该为了他人存活而殁，

我注意到傲慢之人对劳工、

穷人、黑人等的轻蔑与屈辱，

我坐着观望，以上种种——

独不见恶行与痛苦的尽头，

我看，我听，我陷入沉默。

17

农地风光

穿过平静乡村谷仓，富足开敞的大门，
阳光洒落草地，牛群马儿埋首饲草，
前方的薄雾远景，朝遥远地平线，消逝飘散。

Drum-Taps

擂鼓集

莫哀伤，亲爱的母亲

爸啊，快从田地回来

1

爸啊，快从田地回来，咱们彼得捎来一封信；

快来前门，孩子的妈，咱亲爱的儿子寄信来。

2

看啊，时节入秋，

你瞧，树木染上深绿，转黄又艳红，

沁凉甘美的俄亥俄村庄里，树叶风中轻颤，

熟美苹果高挂果园，葡萄攀附棚架藤蔓，

（你可有闻到藤蔓上的葡萄香？

可有嗅到蜜蜂嗡嗡采蜜的荞麦，散发出的香气？）

抬头仰望天空，天空如此平静，

雨后澄澈清新，云朵惊艳绝妙，

低头一瞥，亦平静无波，生气勃勃，

美丽丰盛，农场丰收富饶。

3

田地作物生长丰富，

但请快从田里回来，爸爸——女儿声声唤，

快来前门，妈妈——刻不容缓，快点过来。

坏预兆啊，只见她仓皇匆促，脚步踉跄，

她没有闲情抚顺头发，没有调整无边帽。

迅速拆开信封，

噢，不是儿子的笔迹，可他签了字，

噢，那是只陌生的手，

为咱亲爱的儿代笔——

噢，母亲的心碎落一地！

她眼前一黑，文字闪逝而过，

只掠捕到最重要的字词，

字句破碎——装甲部队前哨战，

胸口中弹，送往医院，

目前情况不佳，但会很快复原。

4

啊，恐怕她是唯一一人，

在富饶丰收的俄亥俄州，所有城镇农地里，

面容死灰，脑袋空白，虚弱无力，

她得扶着门框。

莫哀伤，亲爱的母亲，（刚成年的女儿啜泣着说；

年幼的妹妹全抱在一块儿，默不吭声，惊愕丧气；）

亲爱的母亲，你瞧，信里说彼得很快会复原。

5

呜呼哀哉，可怜的儿啊，他不会复原，

（那勇敢朴实的灵魂，也不可康复，）

18

他们站在家里前门那刻，他早已死去，
唯一的儿子已逝。

但母亲仍需复原，
削瘦枯槁的她，一身墨黑，
茶不思，饭不想——夜里辗转难眠，时时惊醒，
子夜时分未眠，暗自垂泪，带着深沉渴望冀盼，
噢，也许她该不告而别，
默默退出生命，逃离辞去，
跟随、追寻她那已故的挚爱儿子。

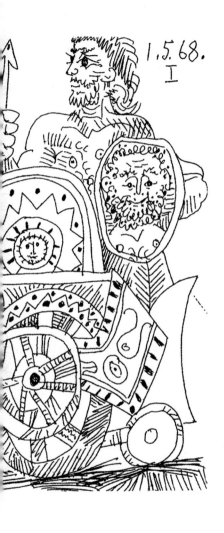

1.5.68.
I

毕加索 1968

无数士兵已在颈前交叠双臂长眠，

无数士兵的吻则落在他们胡须覆盖的唇上。

敷药人

1

年轻面孔里，我显得年老佝偻，

回首过往，只为回答孩子问题，

爱戴我的年轻男女声声催，快告诉我们，老先生，

（惊醒而震怒的我，欲敲碎时钟，

催促无情战争，无奈手指很快背叛我，

我的容颜下垂，辞去职务，

坐着安抚伤兵，或静静望着死者；）

这般场景，这般狂暴激情，

这般契机持续数年，无法超越的英雄们，

（难道只有一方英勇？敌方亦勇猛；）

现在再次见证，孔武军队将大地渲染成红，

快告诉我们，你看见骁勇善战、

快如雷电的军队发生何事？

哪个画面让你印象最深刻持久？

好奇的恐惧，奋力交战或大型围攻，

遗留下哪些深刻回忆？

2

我喜爱、也爱戴我的年轻男女，

你们问起我过往岁月，倒让我忽然忆起，

我接到士兵警报，长路迢迢，浑身汗水烟尘，

关键时刻抵达战场，上场奋战，

大声欢呼着成功进击，

俘虏士兵进门——你瞧，他们如同奔流河水飘逝，

他们离开消逝——士兵的困境或喜悦我不为所动，

（但我清楚记得，苦难数之不尽，

喜悦少之又少，我却满意。）

但在万籁俱寂中，午夜梦回里，

世界的收获、容貌和欢笑持续，

世事很快教人遗忘，海浪冲刷带走沙滩足迹，

膝盖包裹着护具，我步入大门，（正在聆听的你，

无论你是谁，请安静勇敢听下去。）

我拿着绷带、水与海绵，

直勾勾迅速奔向伤患，

战后他们被送了进来，横躺地面，

他们无价的血液染红了绿草地面，

或在医务帐篷，或在医院屋檐下排成两列，

我在一排排绵延小床边来回移动，

倾身照顾每一位伤兵，无一遗漏，

助手提着废弃桶，手拿托盘，紧跟在后，

很快桶子溢满布块和鲜血，清空了又满。

我继续前进，止步，

膝盖包裹着护具，双手坚定，来回包扎伤口，

忍着为每个伤兵敷药，刺痛难熬，在所难免，

其中一人侧过脸，双眼乞求地望着我——

可怜的孩子！我并不认识你，

但我想，若能救你，

此时此刻我亦难拒绝，愿代你而死。

3

我马不停蹄，（快点开门啊！打开医院门！）

为碎裂头颅敷药，

（可怜又狂乱的手莫撕开绷带，）

来回检视步兵中弹的颈部，

他们呼吸急促困难，双眼迷蒙，

生命仍持续挣扎，

（来吧，甜美的死亡！答应我，噢，美丽的死神！

行行好，快点降临吧。）

胳臂断肢、手掌截断，

我取下棉布，移除旧敷料，洗涤伤部与血渍，

士兵颈子弯曲、头部歪向一侧倒回枕头，

他双眼合起，面部苍白，

不敢瞥向鲜血淋漓的断肢，

一眼都未看过。

我在旁包扎深深伤口，

但一日两日，仅见形体削瘦衰弱，

面露青蓝枯槁。

我包扎穿孔的肩，中弹的脚，

清洗腐蚀恶臭的坏疽，

是如此作恶，如此怵目惊心，

助手站在我身后，提着废物桶，手持托盘。

我很忠实，我不退却，

骨折的大腿与膝盖、下腹的伤口，

我木然无感的手，包扎种种伤口，

（我胸口深处，却有一把火，燃烧熊熊烈焰。）

4

因此在万籁俱寂中，午夜梦回里，

我不断折返，穿梭医务室，

用安抚的手平复伤口与沉痛，

漆黑夜晚，坐着陪伴夜不成眠的伤患，

有些人年轻正旺，有些人受伤严重，

我追忆这段甜美哀恸的经验，

（无数士兵已在颈前交叠双臂长眠，

无数士兵的吻则落在他们胡须覆盖的唇上。）

毕加索　1966

苦难数之不尽，喜悦少之又少，我却满意。

林肯总统纪念集

Memories Of President Lincoln

噢，船长！我的船长！起身听听胜利钟，

起来吧——旗帜为你飘扬，号角为你吹响

噢，船长！我的船长！

噢，船长！我的船长！我们可怖的旅途已尽，

船身饱受折磨，我们已获得出征奖赏，

海港将近，钟声入耳，众人欢欣鼓舞，

双眼循着稳固的龙骨，无情大胆船舰；

噢，一滴滴的红艳鲜血，

甲板上躺着船长的身躯，

冰冷死亡，倒地不起。

噢，船长！我的船长！起身听听胜利钟，

起来吧——旗帜为你飘扬，号角为你吹响，

花束与缎带花圈，人潮拥挤的海岸，都属于你，

脚步摇晃的群众，渴切面孔转向你，声声呼唤，

船长，在这儿！挚爱的父亲！

支撑着你头部的这双手臂，

甲板一幕恍如梦境，

你冰冷死亡，倒地不起。

我的船长不答应，他的嘴唇苍白静默，

父亲感觉不到我的手臂，脉搏已止，意志丧失，

船舰安稳停泊，旅途终结，

这趟可敬之旅，这艘胜利之船，带来了胜利品，

哦，海岸，欢欣鼓舞吧，噢，胜利钟，敲响吧！

走上船长所在的甲板，

冰冷死亡，倒地不起。

秋溪集

Autumn Rivulets

相见那刻，我会以崇高目光向你致敬

让你不会忘记我

城市太平间

城市太平间，大门边，

我远离铿锵喧嚣，漫步经过，

止不住好奇地停下脚步，看啊！

他们带进了一名身分不明、可怜逝去的娼妓，

她的尸首躺在潮湿砖瓦人行道，无人认领，

这名圣洁女子，她的躯体啊——

21

我看见尸体——径自凝望它，

这副躯壳曾充满热情与美，此外我什么都没看见，

没有冰冷的静止，没有水龙头的流水，

没有令我难以忘怀的可怖尸臭，

而这具躯壳——美妙的躯壳——

如此精致美好的躯壳——却成了废墟！

不朽的房子，比任何世界曾经建盖的住所美好！

比雪白圆顶、矗立庄严雕像的国会大厦，

或所有古老尖塔大教堂美丽，

区区一小栋房子，就胜过所有——可怜无望的房子！

美丽恐怖的亡者！灵魂的居所！本身即是灵魂！

这栋无人招领、避之唯恐不及的房子！

我颤抖的唇抽一口气，

我念着你，离去时落下一滴泪，

爱的太平间！疯狂与罪恶之屋坍塌！崩溃了！

生命之屋——不久前仍谈笑风生，

然而，啊，可怜的房子！实则死去，

月月年年，不过是一栋回声荡漾、

涂抹装饰的房子，早已死去，死去，死去。

献给钉死十字架的他

我将灵魂献给你，我亲爱的兄弟，

切勿介意，许许多多人念着你的名，却不懂你，

我不念你的名，但我懂你，（其他人也是，）

我视你为喜悦，噢，我的伙伴，

容我向你致敬，

向你过去、现在、未来的同行者致敬，

我们共同耕耘，传递同样的精神与继承，

我们是少数，平等，不分国土，不分岁月，

我们拉近所有大陆、所有社会阶级的距离，

接纳、同情、感知、与所有宗教体系和谐共处，

我们默然走过纷争与主张，

却不抗拒引起纷争者，亦不反对任何主张，

我们倾听咆哮与喧嚣，

听见每一边的分裂、嫉妒、反控，

他们专横逼近、环绕我们，我的伙伴啊，

我们却自由随心踏遍世界之土，上山下海，

在光阴与不同年代留下无法磨灭的印记，

直到我们浓缩时光与年代，在未来岁月里，

各种族的男女将正如我们，都是兄弟姊妹与情人。

写给一名普通娼妓

跟我一起时冷静自在，

我是沃尔特·惠特曼，如同大自然，自由与欲求，

除非太阳摒弃你，我不会摒弃你，

除非海水拒绝为你闪耀，叶子不愿为你窸窣，

否则我的文字不会拒绝为你闪耀与窸窣。

22

我的女孩，我要给你一个任务，

我命令你准备好自己，与我会面，

在我抵达之前，我命令你耐住性子，保持完美。

相见那刻，我会以崇高目光向你致敬，

让你不忘记我。

从正午到星光之夜

From Noon to Starry Night

若觉他们生命将尽，

你以为我会心满意足？

面孔

1

漫步在人行道，于乡间小径乘车——

瞧！那一张张面孔！

友善、精准、戒备、温和、理想的面孔，

先见之明的灵性脸孔——

一如既往好客、常见、慈爱的脸孔，

演唱音乐的脸孔——

自然律法学家和判官气宇不凡的脸孔、宽阔后背，

猎人与渔夫的脸孔，

探出船首——正派子民干净白皙的脸孔，

艺术家纯净、放肆、渴求、质疑的脸孔，

某个美丽灵魂的丑恶脸孔，

英俊可憎或备受鄙视的脸孔，

婴孩圣洁的脸庞，

子女成群的母亲的发亮面容，

爱的容貌，尊敬的脸孔，

恍如梦境的脸孔，静止岩石的面孔，

不分善恶的面容，丧失能力的脸容，

狂野的鹰，它的双翅折翼，

一匹骏马，最终屈服于鞭子与阉割利刀。

漫步人行道，跨越无止尽的渡船，

我看见脸孔、无尽的脸孔：

我看见他们，却无怨言，一切心满意足。

2

若觉他们生命将尽，你认为我会心满意足？

如今男人的面孔忧伤重重，

卑鄙的虮子，哭天抢地请求留下，

乳色的蠕蛆，感激它能钻进孔洞。

这张脸是狗的嘴鼻，嗅着垃圾，

蛇穴居在那张嘴里——只听见它嘶嘶威吓。

这是张冰寒远过北极海，薄雾般的脸孔，
困倦摆荡的冰山，漂移时嘎吱作响。

这是苦涩香草的脸孔——
催吐药草——不需标记，
更多药柜的脸孔，是鸦片酊、杜仲、猪脂。

这是张癫痫的脸孔，无言舌头发出惊悚呐喊，
颈部的血管鼓胀，双眼翻到徒剩空白，
牙齿打磨，弯曲的指甲深陷手掌，
男人沉思时，挣扎跌落在地，口吐白沫。

这是张遭到毒液和蠕虫啃噬的脸孔，
这是把杀人犯的利刀，半露剑鞘。

这张脸亏欠教堂司事一笔凄凉债务，
永不止息的死亡钟声不断敲响。

3

这才是真正的人类——
辽阔圆满地球的树瘤和树丛！

我同类的面容特征，
你以为枯槁憔悴和行尸走肉能欺骗我？
不了，你骗不了我。

我看见你饱满、永不退潮的流水，
我看穿你憔悴低劣的伪装露了馅。

如你所愿地伸展扭曲——
如鱼或鼠纠结着头部搅动，
你的束缚将会解除，绝对会。

我看见精神病院肮脏垂着口水的痴蠢脸孔，
我宽慰地知道他们不知道的事，

23

毕加索　1959

我看见脸孔、无尽的脸孔：

我看见他们，却无怨言，一切心满意足。

我明了掏空及折损我兄弟的力量，

它也等候着清除倒塌屋舍的废物，

我应再次观望年代的刻痕，

我应与真正的地主会面，

要每一时都如我完美无痕。

4

上帝前进，再前进，

前方总有阴影——却也总有伸出的手，

拉一把落后的人。

这张脸孔生出旗帜和骏马——

噢，好极了！我看见来者，

我看见拓荒者的高耸帽子——

传令员以木柱清空道路，

我听见胜利的鼓声。

这张脸孔即是艘救生船，

这张脸孔威风凛凛，满面胡须，

不需倚赖他人的机会，

这张脸孔是风味丰富的果实，

随时可吃，

这张脸孔属于健全诚实的男孩，

宇宙精良的计划。

这些脸孔即是证词，无论醒睡，

展现出主人的本质血统。

我吐出的话语，

无论红、白、黑，没有全然神圣，

每栋屋舍都有一颗卵——久经千年，

终将抵达。

窗户的污点裂痕未能令我操烦，

背后耸立稳重的法院证人席，向我招呼，

我宣读誓言，耐心等候。

这是成熟百合的脸孔，

花园尖桩附近，她对身段柔软的男人说话，

来吧，她羞红着脸呼喊——

靠近我吧，身段柔软的男人，

站在我身旁，让我高高攀附你，

乳白色的蜜汁填满我，弯向我，

用你扎人的胡须摩擦，蹭着我的胸脯与肩膀。

5

多子多孙的母亲，那张苍老脸庞！

安静！我当真心满意足。

首日清晨的烟雾平静迟缓，

低低悬在围篱边一排排树上，

薄薄垂在黄樟、野樱桃和树下的猫藤边。

晚宴上我看见富贵淑女穿戴得宜，

听见歌手荡气回肠的歌声，

听见那自蓝色海水与白泡沫升腾、

正值绯红青年的她。

看那女人！她从矢车菊的帽檐儿窥视——

她的脸孔比天空清澈美丽。

她在农舍遮荫的门廊，坐上扶手椅，

太阳在她泛白苍老的头顶闪耀。

她丰厚的衣袍是奶油色泽的亚麻布，

孙子种植亚麻，孙女以纺纱杆及纺织轮

编织。

土地旋律优美的特质，

是哲学无法达到，也无意达成的优雅，

那正是人类堂堂的母亲。

走过清朗壮阔的岁月

我走过清朗壮阔的和平岁月，

战争的血汗争夺结束，

噢，那里有美好的理想！

尽管胜算微乎其微，仍旧凯旋而归，

如今你继续昂首阔步——

也许却迈向更密集的战争，

可能参与更恐怖的竞争与险境，

更漫长的抗争与危机、前所未有的辛苦；

我无人知晓地独自走过，

我听见周遭传来世界的喝彩——政治、创作，

人类知识的宣告——科学，

城市认同的茁壮，发明的扩张。

我看见船舰，（登陆将会持续数年，）

宽阔的工厂，工头与工人，

这就是一切的担保，莫拒绝反对。

但我也宣示实际之物，

科学、船舰、政治、城市、

工厂并非无物——我瞅着它们，

犹如盛大游行，随着遥遥号角的乐音奔涌而入，

以胜利之姿移动——更加盛大地映入眼帘，

它们象征的是现实——仿佛理所当然的现实。

接着是我的现实，

除了我的现实，还有哪些是真实的？

自由与神圣的民众——地球表面的奴隶皆获得自由，

欣喜若狂的承诺与先知的光芒——精神世界，

世纪传承的歌曲，

而我们的远见，诗人的洞察，即是最坚稳的宣告。

只因我们支持万众，融合所有，

当他人纷纷落幕离场，我们仍旧留存，

除了我们，没有最终的依靠，

民主终于降临我们（我的兄弟，民主由我开展，）

我们的远见横跨永恒边界。

毕加索　1967

我无人知晓地独自走过，

我听见周遭传来世界的喝彩——

七 十 光 阴

Sands at Seventy

那诡谲质疑的瞥视

——是爱的闪现！

百老汇

日日夜夜，那行色匆匆的人类潮汐！

那激情、胜利、遗失、狂热，在你的水域泅泳！

在那邪恶、幸福与哀愁的漩涡逆水而行的，是你！

那诡谲质疑的瞥视——是爱的闪现！

睨视、嫉妒、责骂、藐视、希望、渴望！

你的大门——你的场域——

错综蔓延的悠长队伍与群众！

（你的石板路、路沿、门面是否诉说故事，

你的窗，富丽堂皇的饭店——宽广的人行道，）

你永不停歇滑动、踩着小步、曳行的双足！

你，就如色彩绚丽斑驳的世界——

犹如无限、热闹、嘲弄的人生！

你遮蔽幕帘，渊远辽阔而不可言语的表演与教诲！

再会，我的想象

Good-Bye My Fancy

我已步步走远，

却不知将是何方

再会，我的想象

再会，我的想象！
永别了，亲爱的伙伴，亲密的爱人！
我正步步走远，却不知将是何方，
不知未来命运，是否能再见到你，
所以，再会了，我的想象。

现在请让我最后一次，再度回首顾盼，
时钟缓慢虚弱的滴答声在我心底响起，
出口，暮色笼罩，心跳不久就要静止。

我们取悦抚慰彼此，度过漫长一生，
是多么幸福！——如今却要分道扬镳——
再会了，我的想象。

但且让我缓下步伐，
我们度过漫长一生，共枕渗透，融为一体；
若我们死去，将一同死去，（我们将仍为一体，）

若我们离开，将一同出发，面对未来，

也许我们会更幸福快乐，学习新事物，

也许你会带我领会真正的歌曲，

（谁又知晓？）

也许真是你开启、转上那通向死亡的门把——

所以，在这最后一刻，

再会了——太好了！我的想象。